¡Duérmete, carajo!

por Adam Mansbach

ilustrado por Ricardo Cortés

traducido por Achy Obejas y Norberto Codina

CELEBRA
Published by New American Library, a division of Penguin Group (USA) Inc., 375 Hudson Street,New York, New York 10014, USA
Penguin Group (Canada), 90 Eglinton Avenue East, Suite 700, Toronto, Ontario M4P 2Y3, Canada
(a division of Pearson Penguin Canada Inc.)
Penguin Books Ltd., 80 Strand, London WC2R 0RL, England
Penguin Ireland, 25 St. Stephen's Green, Dublin 2, Ireland (a division of Penguin Books Ltd.)
Penguin Group (Australia), 250 Camberwell Road, Camberwell, Victoria 3124,Australia (a division of Pearson Australia Group Pty. Ltd.)
Penguin Books India Pvt. Ltd., 11 Community Centre, Panchsheel Park, New Delhi - 110 017, India
Penguin Group (NZ), 67 Apollo Drive, Rosedale, Auckland 0632, New Zealand (a division of Pearson New Zealand Ltd.)
Penguin Books (South Africa) (Pty.) Ltd., 24 Sturdee Avenue, Rosebank, Johannesburg 2196, South Africa

Penguin Books Ltd., Registered Offices:
80 Strand, London WC2R 0RL, England

Published by Celebra, an imprint of New American Library, a division of Penguin Group (USA) Inc. Published by arrangement with Akashic Books.

First Celebra Printing (Spanish Edition), October 2011
10 9 8 7 6 5 4 3 2 1

Celebra Edition ISBN: 978-0-451-23735-4

Set in Cheltenham BT
Designed by Ricardo Cortés

Printed in the United States of America

Adam Mansbach ha escrito *The End of Jews,* novela ganadora de el California Book Award y el bestseller *Angry Black White Boy*, elegido Mejor Libro de 2005 por el *San Francisco Chronicle.* Su ficción y sus ensayos han aparecido en el *New York Times Book Review, The Believer, Poets & Writers,* el *Los Angeles Times* y muchas publicaciones más. Es el 2011 New Voices Professor of Fiction en Rutgers University. Su hija Vivien tiene tres años.

www.AdamMansbach.com

Ricardo Cortés ha ilustrado libros acerca de la marihuana, la electricidad, el equipo de trineo de Jamaica y comida china. Su trabajo ha aparecido en el *New York Times, Entertainment Weekly,* el *Village Voice*, el *San Francisco Chronicle* y en CNN y FOX News. Vive en Brooklyn donde está trabajando en un libro acerca de la historia del café, la cocaína y la Coca-Cola.

www.Rmcortes.com

para Vivien, sin quien nada de esto sería posible

Los gatos acurrucados con sus gatitos,
Los corderos con ovejas en su paz.
Estás cómodo y tibio en tu lecho, chiquito.
¡Duérmete, carajo!, y por favor no jodas más.

Las ventanas del pueblo oscurecen, mi niño.
Las ballenas están quietas en el mar.
Te leo un último libro si juras, ya mismo
Dormirte, carajo, y no joder más.

El águila que vuela, en su nido suspira.
Las criaturas del bosque no se escuchan crujir
No tienes sed, carajo. Basta ya de mentiras.
No jodas más, ya te he dicho: vete a dormir.

En el prado el viento susurra contento.
Los ratoncitos de campo no dicen ni pío.
Llevamos treinta y ocho minutos aquí, qué tormento,
Por Dios, ¿qué carajo? Quédate dormido.

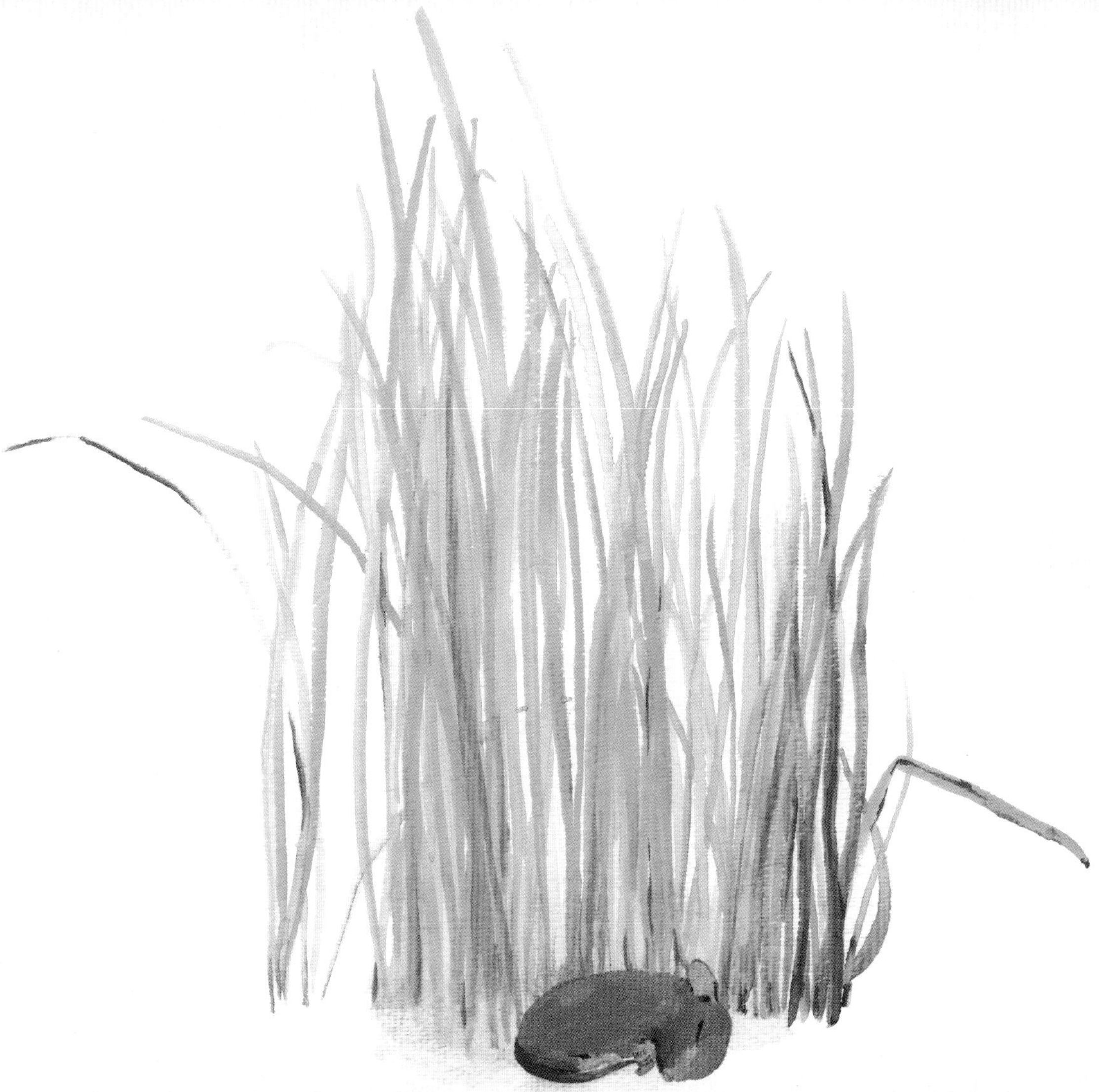

Los de la guardería, en su mundo de ensueño.
La ranita dio su último salto
Carajo, te dije que no puedes ir al baño.
A dormir, ¡acuéstate! y no jodas tanto.

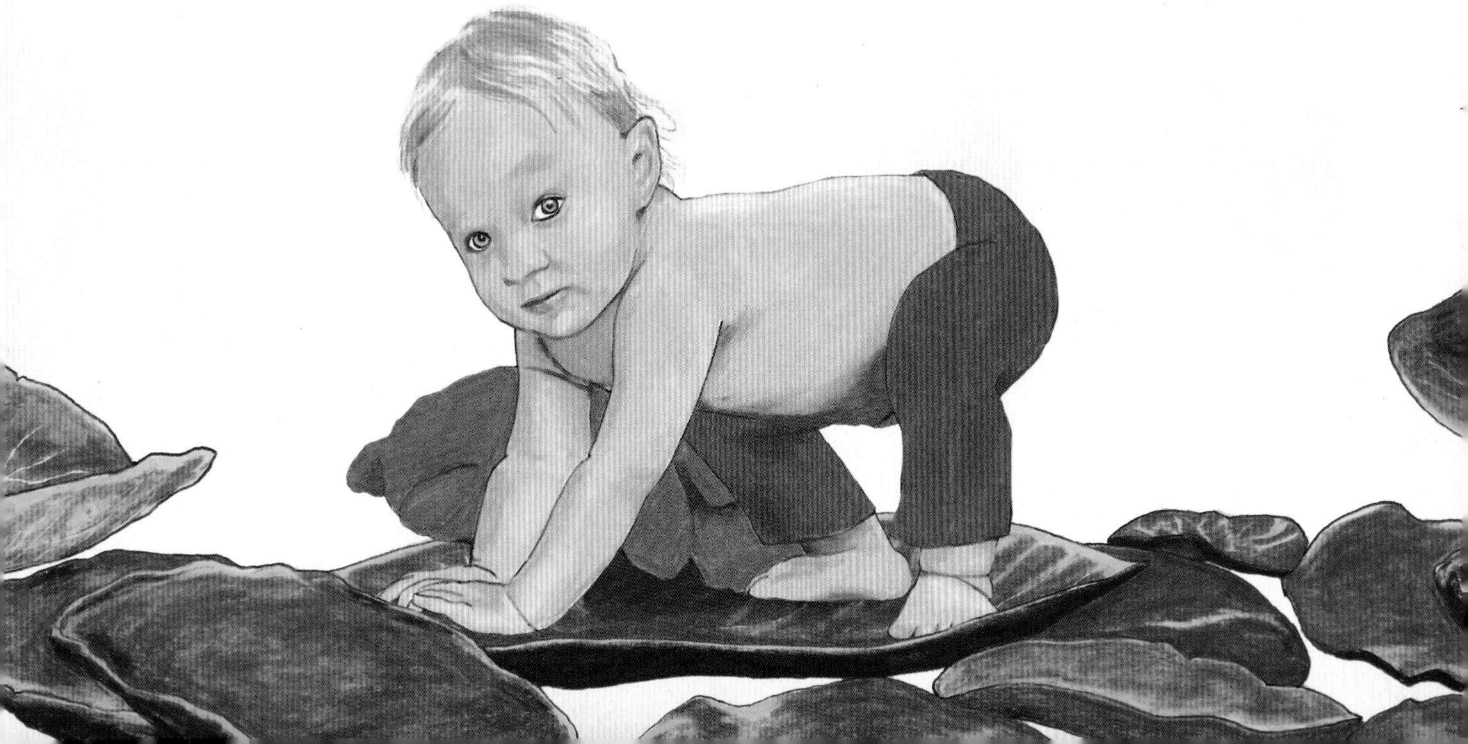

Las lechuzas vuelan por las ramas más altas.
Revolotean arriba, al venir y al volver.
Una rabia, mi amor, ya me llena y me asalta
Basta ya de palabras, duérmete, ¡carajo! y para de joder.

Ronronean los leones y su cría
Amontonados juntos con amor.
¿Cómo carajo es que eres tan bueno de día
Y para dormir de noche eres un dolor?

Las semillas reposan bajo la tierra lista.
El campesino empezará su trabajo.
Para ya con las preguntas. Se acabó la entrevista.
Ni una palabra más, y a dormir, carajo.

El tigre se recuesta en la jungla caliente
El gorrión ha callado su bebé.
Al carajo con tu osito; tienes cita pendiente.
Cierra los ojos. Se acabó la mierda. Duérmete.

La flor del campo ya está adormilada,
Y en el pico de la montaña cierra sus broches.
Soy un desastre. No hay excusa adecuada.
Deja las burlas, carajo, duérmete, y di buenas noches.

En Madagascar el pangolín toma la siesta.
Mientras lloro porque día y noche confundirás.
Te traigo tu leche, lo que quieras, ya está.
¿A quién carajo le importa? Si ya no dormirás.

Este cuarto es mi único recuerdo.
Muebles baratos, comprados por la izquierda.
Ya ganaste, contigo siempre pierdo.
Me duermo, carajo, roncando como un comemierda.

Me despierto acabado y con sueño
Y te encuentro durmiendo con placer
Me cruzo los dedos, y rezo
Que te hayas dormido, carajo, y pares de joder.

Por fin nos sentamos a ver un video.
Las palomitas revientan, *¡pra! ¡pra!*
¡Mierda! ¡Puta vida! Se acabó, ¡ya no puedo!
Vuelve a dormir, ¡carajo!, y no jodas más.

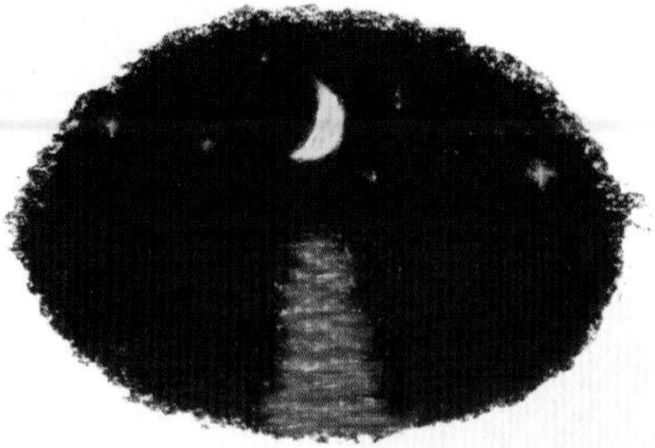

FIN